PRIMERAS PALABRAS

Diseño y creación de figuras modeladas: Jo Litchfield

Texto: Rebecca Treays, Kate Needham y Lisa Miles
Fotografía: Howard Allman
Modelación de figuras: Stefan Barnet
Dirección editorial: Felicity Brooks
Dirección de arte: Mary Cartwright
Manipulación fotográfica y composición: Michael Wheatley

Traducción: Esther Lecumberri
con la colaboración de Marta Núñez

Se agradece la gentileza de Inscribe Ltd. y Eberhard Faber, proveedores del material de modelar Fimo®.

Primeras palabras despierta el interés del niño para
que disfrute aprendiendo palabras nuevas o
practicando las que ya conoce. Animadas escenas,
llenas de personajes, objetos y colorido, brindan
a los pequeños la oportunidad de hablar de
cosas y actividades que forman parte
del mundo que los rodea.

En las páginas finales del libro figura una lista de
todas las palabras en orden alfabético, que puede
ser utilizada como si se tratara de un diccionario.
El pequeño lector también podrá entretenerse
jugando a buscar en cada una de las escenas
varios ejemplares de un objeto, mostrado
al principio de la página.

Primeras palabras es, por encima de todo,
un libro pensado para que los pequeños disfruten
y pasen muchas horas agradables.

La familia

hermana   hermano   hija   padre   hijo   madre

gato   abuela   abuelo   perro

nieto   nieta

3

La ciudad

 Busca quince coches

gasolinera

supermercado

tiendas

hospital

piscina

colegio

estacionamiento

cine

puente

5

La calle

 Busca doce pájaros

panadería

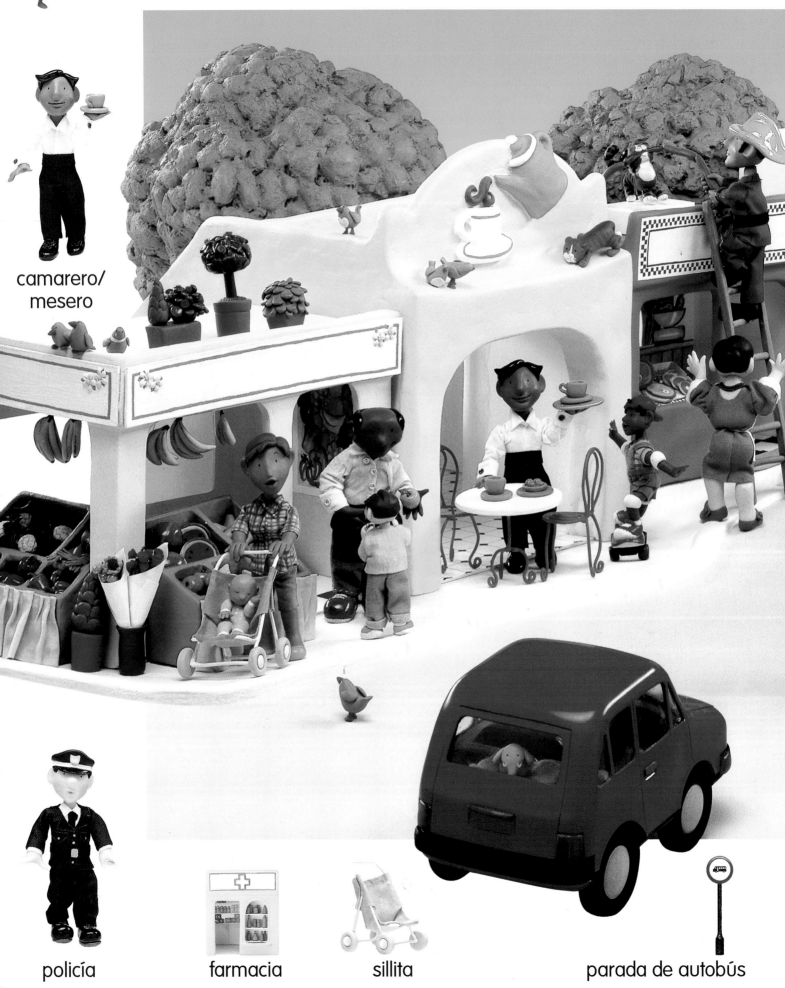

camarero/
mesero

policía

farmacia

sillita

parada de autobús

 carnicería

 perro

 café

 monopatín

 bombero

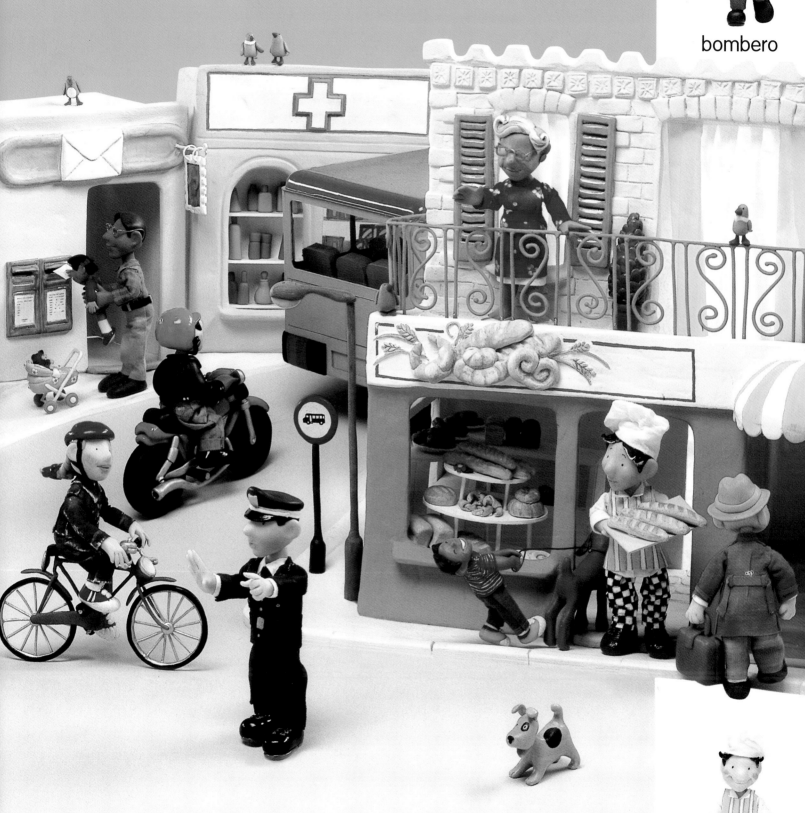

 cochecito de niño

 farol

 correo

gato

 panadero

7

La casa

 Busca ocho tazas

puerta

picaporte

alfombra

techo

pasamanos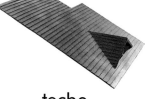

8

ático

dormitorio | estudio | baño

sala | vestíbulo | cocina

chimenea

interruptor

alfombra

ventana

escalera

9

El jardín

 Busca diecisiete gusanos

oruga

maceta

abeja

azada

hueso

babosa

vaquita de San Antonio

hoja

caracol

hormiga

rastrillo

casita del perro

árbol

barbacoa

mariposa

carretilla

semillas

nido

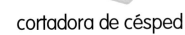
cortadora de césped

La cocina

 Busca diez tomates

fregadero

cuchillo

lavarropas

tostador de pan

silla

platito

mesa

taza

sartén

12

microondas

tenedor

colador

cocina

cuchara

recogedor

lavaplatos

plato

cacerola

jarra

bol

refrigerador

13

Los alimentos

 galletita

 pan

 pasta

 arroz

 harina

 cereales

 jugo

 bolsita de té

 café

 azúcar

 leche

 crema

 mantequilla

 huevo

 queso

 yogur

 pollo

 camarón

 salchicha

 tocino

pescado

chorizo

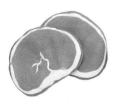 jamón

 sopa

 pizza

 sal

 pimienta

 mostaza

 ketchup

miel

 mermelada

pasas

 cacahuetes

 agua

piña   pera   lima   limón   durazno/ melocotón   albaricoque/ damasco

cereza   plátano   fresa   frambuesa   mango   pomelo

ciruela   coco   naranja   sandía   melón   uvas

manzana   kiwi   tomate   aguacate   papa   ejotes/ chauchas

calabacita   col   cebolla   champiñón   zanahoria   berenjena

puerro   brócoli   coliflor   arvejas/ chícharos   espinacas   remolacha

lechuga   apio   maíz   pepino   chile   pimiento

La sala

 Busca seis cassettes

disco compacto

monedero

sillón

aspiradora

cinta de vídeo

sofá

vídeo

estéreo

rompecabezas

televisión

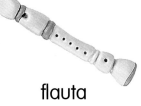
flauta

flor

frutero

pandereta

bandeja

cojín

piano

audífonos

17

El estudio

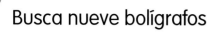 Busca nueve bolígrafos

escritorio

computadora

teléfono

revista

guitarra

planta

libro

lápiz de cera   fotografía

El baño

 Busca tres barcos

jabón

lavabo

toalla

tapón

inodoro

ducha

bañera

papel higiénico

peine

champú

El dormitorio

 Busca cuatro arañas

 cocodrilo

 trompeta

cómoda

robot

cama

 osito de peluche

 cohete

muñeca

 tambor

20

nave espacial

elefante

cassette

serpiente

despertador

marioneta

mesita

león

manta

jirafa

cartas

21

En la casa

dentífrico

cepillo de dientes

periódico

carta

persiana

cortina

edredón

almohada

álbum de fotos

tabla de planchar

plancha

máquina de coser

jarrón

ratón

orinal

esponja

grifo/ llave del agua

cepillo

espejo

bote de la basura

detergente

calculadora

juguetes

lámpara

El transporte

 ambulancia

 camión de bomberos

 coche de policía

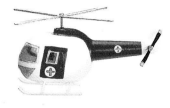 helicóptero

 camión

 coche

 excavadora

 patinete

 barco

 canoa

 caravana

 avión

 globo aéreo

 tractor

 taxi

 bicicleta

 autobús

 moto

 submarino

 tren

 coche de carreras

 camioneta

 teleférico

 coche deportivo

23

La granja

 Busca cinco gatitos

 cerdito

 cerdo

 ganso

 toro

 vaca

 ternero

 gallo

pollito

gallina

24

granero

conejo

oveja

cordero

estanque

burro

cabra

granjero

pavo

valla

patito

pato

cachorro

caballo

25

La clase

 Busca veinte lápices de cera

sacapuntas

caballete

bolígrafo

papel

rotulador

tiza

colgador

tijeras

pizarra

cuerda

taburete

lápiz

goma

cinta adhesiva

goma de pegar

cubos

pintura

pincel

profesor

reloj

cuaderno

regla

La fiesta

Busca once manzanas

grabadora

regalo

pirata

vaquero

médica

papas fritas

palomitas

globo

cinta

pastel

chocolate

helado

tarjeta

bailarina

sirena

astronauta

caramelo

vela

pajita

silla alta

payaso

29

El camping

 Busca dos ositos de peluche

maleta

tienda
de campaña

cámara de fotos

radio

mochila

pasaporte

linterna

rollo de fotos

dinero

pelota de fútbol

paraguas

mapa

prismáticos

gatito

boleto

La ropa

camiseta

vaqueros

overol

vestido

falda

medias

pijama

bata

camiseta

babero

suéter de lana

suéter de algodón

chaqueta

pantalones

delantal

camisa

abrigo

conjunto de deportes

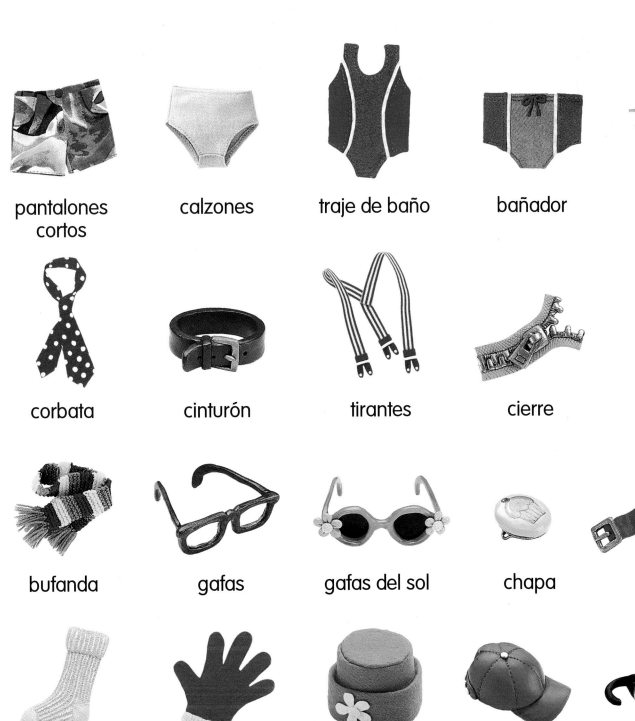

pantalones
cortos

calzones

traje de baño

bañador

bikini

corbata

cinturón

tirantes

cierre

botón

bufanda

gafas

gafas del sol

chapa

reloj

calcetín

guante

sombrero

gorra

casco

bota

zapatilla
de deporte

zapatilla
de ballet

zapatilla

zapato

sandalia

El taller

 Busca trece ratones

caja de herramientas

regadera

clavo

martillo

navaja

destornillador

lata

araña

 sierra

 torno de banco

 llave

 gusano

 balde

 pala

 fósforo

caja de cartón

 rueda

 manguera

 cuerda

polilla

 llave inglesa

escoba

35

El parque

 Busca siete pelotas de fútbol

piscina para niños

chico

pájaro

sándwich

raqueta de tenis

hamburguesa

cometa

bebé

hot dog

papas fritas

silla de ruedas

chica

columpios

subibaja

rueda

tobogán

El cuerpo

cabeza

oreja

lengua

nariz

boca

dientes

ojo

espalda

vientre

ombligo

brazo

pierna

codo

rodilla

mano

pie

dedo

pulgar

trasero

pelo largo

pelo corto

pelo rizado

pelo lacio

Acciones

dormir

andar en bicicleta

montar a caballo

sonreír

reír

llorar

cantar

caminar

correr

saltar

patear

40

escribir   pintar   dibujar   leer   cortar   pegar

sentarse   estar parado   empujar   tirar

comer   beber   lavarse   besar   saludar

Las formas

 óvalo

 círculo

 medialuna

 triángulo

 cuadrado

 rectángulo

estrella

Los colores

 rojo

 rosa

 amarillo

 marrón

gris

 azul

 morado

 blanco

verde

 negro

 naranja

Los números

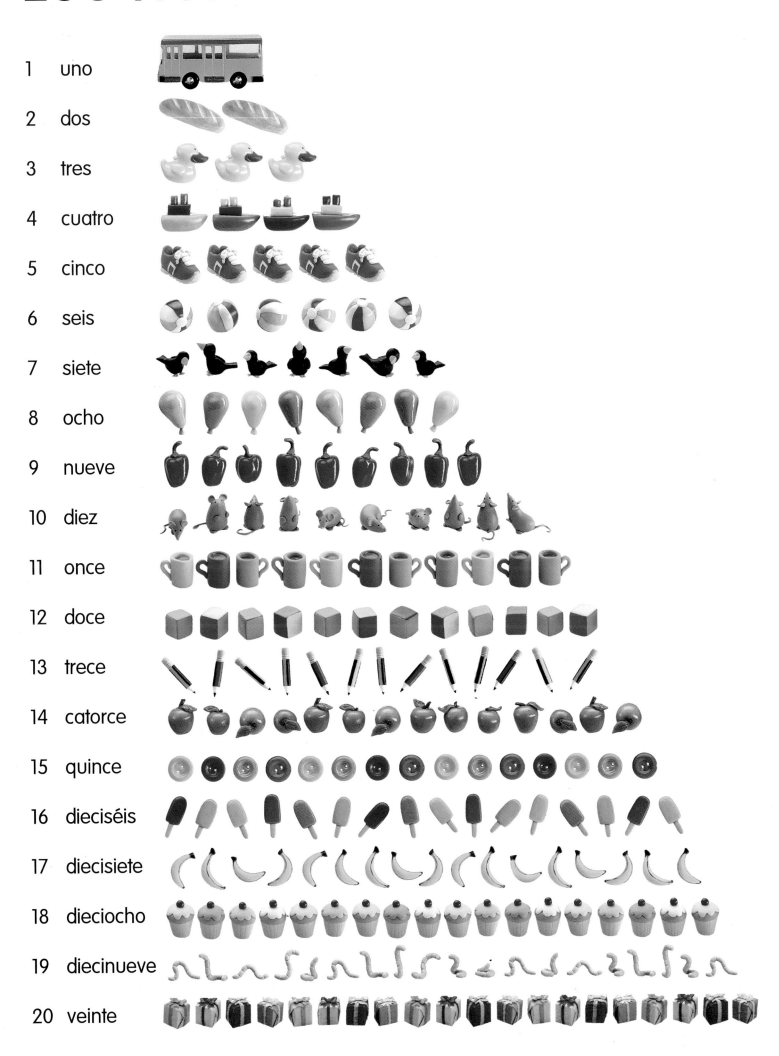

1 uno

2 dos

3 tres

4 cuatro

5 cinco

6 seis

7 siete

8 ocho

9 nueve

10 diez

11 once

12 doce

13 trece

14 catorce

15 quince

16 dieciséis

17 diecisiete

18 dieciocho

19 diecinueve

20 veinte

Lista de palabras

Figuras modeladas adicionales: Les Pickstock, Barry Jones, Stef Lumley y Karen Krige.
Agradecimientos a Vicki Groombridge, Nicole Irving y Model Shop, 151 City Road, Londres, Gran Bretaña